SECOND CHAPITRE

DES AVENTURES

DE

LA FILLE D'UN ROI.

IMPRIMERIE DE P. DUPONT, HOTEL DES FERMES.

SECOND CHAPITRE

DES AVENTURES

DE

LA FILLE D'UN ROI,

RACONTÉES PAR ELLE-MÊME.

Que mon nom soit caché puisqu'on le persécute.
VOLT., *Tancrède*.

DEUXIÈME ÉDITION.

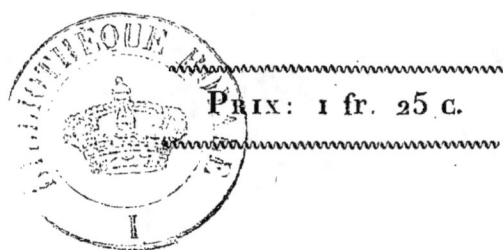

PRIX: 1 fr. 25 c.

PARIS,

DELAUNAY, Libraire, Palais-Royal, Galerie de Bois ;
PONTHIEU, Libraire, Palais-Royal, Galerie de bois ;
PÉLICIER, Libraire, première cour du Palais-Royal,
N°s 7 et 8.

15 AVRIL 1821.

SECOND CHAPITRE

DES AVENTURES

DE

LA FILLE D'UN ROI.

CHAPITRE II.

Voyages.

LES jours s'écoulent bien lentement pour les malheureux ! Seule , dans ma captivité, je voyais avec douleur s'éloigner de plus en plus le terme des espérances qui avaient un moment ranimé mon courage. Tout ce que j'apprenais venait ajouter à mes ennuis : mes adversaires triomphaient ; leur audace allait jusqu'à dire à mes plus fidèles amis : *On ne veut plus de vous !* Affligée de la manière dont l'histoire se faisait sous nos yeux, j'étais réduite, pour distraire ma solitude,

1

à me faire lire des morceaux choisis de l'histoire des temps anciens : voici un trait qui fixa mon attention :

« C'était vers l'an 452 , un peuple d'Italie , de mœurs douces et pacifiques, s'avisa de voir clair au milieu des ténèbres qui enveloppaient le reste du monde. Il comprit que si les hommes réunis en société faisaient le sacrifice volontaire d'une partie des droits qu'ils avaient reçus de la nature, c'était pour obtenir en échange le maintien inviolable de tous les autres ; il comprit encore qu'on ne se démet de l'égalité primitive pour investir son semblable de la toute puissance, qu'à la condition de trouver dans cette puissance même la garantie de son repos , de sa liberté , de son bonheur. Dès qu'il fut imbu de la vérité de ces principes, ce peuple jeta un regard autour de lui; et voyant que ses chefs ne remplissaient pas dans toute leur étendue ces sublimes obligations, il éleva la voix jusqu'au trône; le prince entendit ses vœux et jura solennellement de les consacrer par les lois. Ce serment fut accueilli partout avec la plus vive reconnaissance ; partout on se plaisait à jouir, en espoir, de ces beaux jours que promet l'aurore de la liberté, lorsqu'un monarque du Nord ,partisan superstitieux du despotisme et des ténèbres, pousse un cri de fureur, agite le glaive

de la guerre, rassemble à la hâte ses hordes
barbares, et se précipite sur l'Italie pour briser le
flambeau qui commençait à l'éclairer. En vain le
peuple menacé fait valoir la justice de ses droits;
son respect pour les autres gouvernemens; l'har-
monie qui règne dans son propre sein ; en vain
un royal interprète porte au camp ennemi des
paroles de conciliation, rien ne peut émouvoir le
farouche étranger : *Des fers ou la mort!* voilà
sa réponse!....... Et l'écho des montagnes
du peuple libre répéta : « *la mort!* et les voix
de cent mille soldats-citoyens répétèrent : *la
mort!* »

Ici j'interrompis le lecteur pour lui demander le nom de ce despote du 5e siècle : « C'est
celui, me répondit-il, qui fit la guerre à l'em-
pereur Théodose ; qui menaça la ville de Rome et
le pape Léon ; qui, dans le palais de Milan, dont
il s'était rendu maître , se fit orgueilleusement
peindre, entouré de princes enchaînés; qui, tous
les cinq ans devenait périodiquement veuf; qui
mettait au rang de chimères tous les liens du
sang; qui fut battu dans les plaines de la Cham-
pagne; qui répondit à une congrégation célèbre :
« Je n'ai pas besoin de savans, il suffit qu'on
« sache obéir. » Enfin c'est ce roi des Huns,

surnommé le *fléau de Dieu*, c'est Attila (1)! »

La soirée était avancée : j'éprouvais le besoin d'être seule pour méditer sur une lettre que m'avait fait parvenir en secret un de mes plus zélés partisans ; je remis la suite de la lecture au lendemain ; je me retirai dans l'appartement où je passais la nuit : et là, je me livrai à mes réflexions. « On vous oublie, on vous outrage, m'écrivait-on ; on attente, par une coupable impunité, aux saintes garanties que vous avez données ; un écrit audacieux attaque l'inviolabilité des contrats que vous avez sanctionnés ; il met ceux qui les ont passés sous le glaive de la proscription ; et ces mêmes hommes, si ardens à poursuivre quelques plumes roturières, encore plus imprudentes peut-être que coupables, semblent respecter des pages incendiaires, parce qu'elles sont revêtues du cachet et des armes d'*un comte!* Fille auguste d'un Roi! vous ne pouvez plus vivre où triompherait l'arbitraire; croyez-moi, éloignez-vous pour un temps ; faites un voyage, votre absence fera mieux sentir le prix de vos bienfaits ; on comprendra peut-être que le royaume, sans vous, est comme un temple dépouillé de sa divinité. Il m'en coûte de vous donner ce conseil, mais je le crois

(1) Dictionnaire de Bayle (note de l'éditeur.)

nécessaire; nous vous reverrons bientôt, car tout ce qui est contre l'ordre naturel ne saurait être de longue durée. Adieu, loin de nous comme près de nous, vous vivrez toujours dans notre souvenir et dans nos espérances. »

Dois-je partir?.... Cette pensée agitait tous mes esprits. Le silence de la nuit, si favorable aux méditations, m'inspira la résolution de suivre les conseils de l'amitié. Mais comment sortir de ma tour? comment tromper la surveillance de mes geôliers en habits brodés? Je n'étais pas moins embarrassée que la tendre Herminie dans cette nuit fatale où elle voulait se faire ouvrir les portes de Solime pour voler auprès de Tancrède. Elle usa de stratagème : l'armure de Clorinde servit ses projets. Pour moi, il me vint à l'idée que la ruse m'était inutile. Dans le nombre de mes surveillans, il y en avait plus d'un qui me connaissait fort peu; ils m'avaient rarement *observée*; et d'ailleurs j'étais devenue méconnaissable. Je réfléchis en outre que trois d'entre eux n'étaient nullement responsables de ce qui pouvait m'arriver, et qu'ils ne faisaient, jusqu'à nouvel ordre, le service que comme *amateurs*. J'attendis donc le jour de présence d'une de ces quasi-excellences *à la suite*; c'était celle qui, il y a environ cinq ans, fit la proposition toute philantropique de

classer les sujets de mon père en catégories ! Elle
s'est élevée des bancs de l'école au premier fauteuil
de l'instruction publique. Elle y représente à
merveille, car elle réunit dans sa personne *toutes
les grâces de la syntaxe à tous les charmes du
rudiment.* J'ouvris la porte de mon appartement :
je traversai hardiment la salle où était mon gar-
dien. Il me regarda passer comme une inconnue,
ou peut-être feignait-il de ne me point reconnaître,
tant il avait de joie à me voir partir ! Quoi qu'il
en soit, je franchis le seuil de ma prison, et sans
perdre un seul instant, je dirigeai ma course vers
les Pyrénées. En passant devant le château de
mon père, je soupirai, et mes yeux se rempli-
rent de larmes ; mais un regard jeté sur la rive
gauche du fleuve qui en baigne les murs, fit suc-
céder à cet attendrissement un mouvement d'indignation. « Le voilà, me disais-je, ce palais
« élevé à ma gloire ! Les cruels, ils m'en ont
« chassée ! »

Arrivée à Madrid, je ne crus pas à propos de
me présenter chez l'ambassadeur : je craignais
d'en être accueillie froidement ; son nom histo-
rique m'inspirait peu de confiance. Mon premier soin fut d'aller rendre visite à ma cousine ;
elle me parut pleine de force et de santé : à cela
près, je trouvais, comme on me l'avait dit, plus

d'un trait de ressemblance entre nous ; cependant il règne dans toute sa personne quelque chose de plus libre, de plus mâle et de plux fier. Elle m'embrassa tendrement. Nous avions beaucoup de choses à nous dire, et nous en vînmes bientôt aux confidences.

« Vous savez, me dit-elle, quelle funeste am-
« bition poussa l'homme qui s'était assis sur le
« trône de votre auguste père, à placer la cou-
« ronne d'Espagne sur la tête d'un de ses frères :
« vous savez tout ce que l'amour de la patrie
« donna de force à un peuple qui défendait ses
« droits : au cri de liberté, tout prit les armes ;
« des ruisseaux de sang coulèrent ; mais enfin la
« cause de l'indépendance nationale l'emporta ;
« le conquérant fut contraint de rappeler ses ar-
« mées épuisées de glorieuses fatigues, et de céder
« au peuple guerrier qui avait reconquis son roi.
« Il était permis à ces fidèles sujets de croire que
« le prince qu'ils avaient racheté par tant de sa-
« crifices leur tiendrait compte de leur dévoue-
« ment.... Je ne vous rappellerai pas combien
« ils ont payé cher cette fatale erreur. De perfides
« conseillers s'emparèrent de la puissance : la
« proscription, les fers, la mort devinrent sous
« leurs auspices les gages de la reconnaissance
« royale : de généreux citoyens, qui avaient épuisé

« leur fortune pour alimenter le trésor public,
« furent forcés d'aller mendier du pain sur une
« terre étrangère; les braves même furent dé-
« pouillés de l'épée qui avait servi à replacer leur
« souverain sur le trône! en un mot, on avait
« combattu pour avoir la liberté et une patrie,
« un roi et une religion; on trouva l'esclavage et
« l'exil, un maître, et l'inquisition !

« J'étais née à Cadix, le 18 mars 1812, au mi-
« lieu des périls de la guerre; et tous les Espagnols,
« qui avaient versé leur sang pour l'indépendance
« nationale avaient salué ma naissance avec en-
« thousiasme. Lorsque le roi revint de sa captivité,
« il ne voulut ni me voir, ni entendre parler de
« moi. Ceux qui avaient pris soin de mon enfance
« furent jetés dans les cachots, ou envoyés, comme
« les plus obscurs criminels, sur les galères de
« l'Etat. Vous concevez, ma chère cousine, que je
« fus réduite à me cacher, et à pleurer en secret les
« malheurs de mes amis. Je choisis pour retraite
« l'île de Léon : là, je ne confiai mon nom qu'à
« deux officiers, pour lesquels j'avais conçu une
« estime distinguée; ils venaient me voir tous les
« jours; ils m'ouvrirent leur cœur sur le chagrin
« qu'ils éprouvaient à voir mes partisans persécu-
« tés, et le prince trompé par mes ennemis; ils me
« demandèrent si j'oserais me montrer et me faire

« reconnaître à la face de l'armée. Je cédai à leurs
« vœux : les soldats, à mon aspect, poussèrent
« des cris de joie, et les citoyens y répondirent
« par des acclamations universelles. On me pré-
« senta sur-le-champ au Roi; et comme pour cette
« cérémonie on n'avait pas suivi l'étiquette de la
« Cour, mon apparition imprévue lui causa un
« embarras dont il ne fut pas maître : il ne promit
« d'abord que vaguement de m'adopter; il se reti-
« ra brusquement dans un antique château, où
« les souvenirs de Philippe II, et les homélies ma-
« chiavéliques d'un moine ne contribuaient pas à
« le mieux disposer en ma faveur; il fallut enfin
« se décider; et, à l'ouverture de l'assemblée des
« officiers de ma chambre, le roi scella du grand
« sceau de l'Etat mon acte de naissance, et me
« proclama solennellement *sa fille adoptive :*
« Mais, vous l'avouerai-je ? je ne suis pas heureuse :
« je trouve, hélas ! que ses caresses ressemblent à
« cette tendresse d'obligation qu'on impose à
« l'homme contraint de recevoir dans sa famille
« un enfant dont il sait n'être point le père. Le
« clergé d'ailleurs me hait, la Cour ne m'aime pas.
« Vous voyez, ma chère cousine, qu'ainsi que
« vous j'ai mes ennuis, et combien il en coûte
« pour faire le bonheur de ce pauvre genre hu-
« main : mais l'attachement de mes amis me con-

« sole; le nom des principaux est sans doute
« parvenu jusqu'à vous, et vous serez bien aise
« de les connaître. Vous ne pouviez arriver plus
« à propos : il y a cercle chez moi, ce soir, et de-
« main, le roi fait, en personne, l'ouverture des
« Cortès. »

Cette partie du récit de ma cousine fit sur moi
cette impression dont le secret appartient aux
liens du sang et au rapprochement des situations :
je voudrais qu'il me fût permis de retracer tout
ce qu'elle me dit encore, et sur les conseils téné-
breux de l'Escurial, et sur les intrigues de la Cour,
et sur les machinations d'un valet de chambre du
roi, et sur la correspondance d'un confesseur, et
sur les tentatives des gardes du palais; mais elle
m'a confié tous ces détails sous la promesse du
silence, et je dois respecter sa délicatesse et sa
volonté.

J'attendais le soir avec impatience : dès qu'il
fût venu, les salons de ma royale cousine se rem-
plirent d'une foule considérable qui s'empressait
de lui offrir ses hommages : une douce fraternité
animait cette réunion, et lui donnait l'air d'une
fête de famille. Ma cousine me présenta particulièrement plusieurs de ses honorables amis, et,
après avoir fait les premiers honneurs de récep-

tion, elle vint s'asseoir à côté de moi, pour satis-
faire plus amplement ma curiosité.

« Ce général, me dit-elle, qui semble si mo-
« deste et si calme (1), c'est celui dont l'âme
« généreuse s'indigna la première, dans l'île de
« Léon, de mes malheurs et de mon obscurité :
« la nation reconnaissante l'a placé dans les pre-
« miers rangs de ses représentans : les courtisans
« le nomment rebelle; moi, je l'appelle mon hé-
« ros, et la patrie son libérateur.

« Le jeune officier (2) qui cause en ce moment
« avec lui, n'a pas moins de droits à mon admi-
« ration : leur affection commune pour moi les
« rassemble ici comme elle les avait rappro-
« chés, lorsqu'au péril de leurs jours ils m'éle-
« vèrent sur le pavois et me montrèrent au peu-
« ple. Sa jeunesse, la douceur de ses traits, la
« simplicité de ses manières, son courage, tout
« parle en sa faveur : il est aujourd'hui gouverneur
« d'une province ; mais sa nomination fut moins,
« dit-on, une récompense volontaire de la
« Cour, qu'une garantie demandée par mes fidèles
« partisans.

« Voyez-vous ces traits altérés par la souffrance,
« et ces mains encore flétries par l'empreinte des

_____

(1) Quiroga.
(2) Riego.

» fers ? Ces nobles mains, qui m'avaient reçue à
« ma naissance, ont été odieusement mutilées;
« comme celles des plus vils galériens, elles ont
« fatigué sous la rame les flots de la mer ; aujour-
« d'hui elles tiennent les rênes de l'Etat ! L'aspect
« de cet homme vénérable a pour moi quelque
« chose de ce charme touchant et religieux qui
« s'attache au malheur et à la vertu : voyez
« comme tout le monde l'entoure et l'admire !
« comme on écoute avidement tout ce qui sort
« de sa bouche éloquente ! Ah ! ma chère cousine,
« les ministres de ce caractère sont bien rares ; et,
« je ne sais pourquoi, un secret pressentiment
« m'avertit que l'austère et sage *Argueles* sera
« bientôt ravi à mon amour !

  « Voici le gouverneur de la *Galice ;* on lit
« dans tous ses traits l'inquiète activité de son âme.
« Sa conversation est vive, animée : à quelques
« mots qui lui échappent on sent que son cœur
« a été ulcéré. Sa ruse et son courage l'avaient
« rendu redoutable et célèbre dans la guerre de
« montagne ; il versa son sang pour la cause de la
« liberté, l'exil paya ses services !.... Rappelé
« dans sa patrie, il s'est rangé sous mes drapeaux,
« et il jouit de sa gloire (1).

  « Je ne vous dirai pas le nom de ce personnage

---

(1) Mina.

« gras et court (1) qui vient d'entrer ; vous devez
« le connaître. » — « Oui, répondis-je ; je l'ai vu
« plus d'une fois dans la capitale des Etats de mon
« père ; je vous dirai , entre nous, qu'il n'a pas été
« merveilleusement accueilli par les courtisans;
« mais dans les salons de tous mes amis, il était
« recherché avec la plus honorable curiosité. »

Au milieu de ce dialogue, une femme vêtue
d'une robe de deuil fut introduite. A son nom
tout le monde se leva et la salua respectueuse-
ment. C'était la veuve d'un général , qui, victime
de son patriotisme, avait payé de sa tête son
amour pour la liberté. Elle venait remercier ma
cousine d'avoir fait réhabiliter la mémoire de son
malheureux époux : une rougeur modeste colora
son visage , en racontant avec quel enthousiasme
le peuple l'avait portée elle-même en triomphe, et
ses yeux se mouillèrent de pleurs lorsqu'elle nous
parla de la statue qu'on élevait au *brave Porlier*,
martyr de la liberté !

Ma cousine me dit encore les noms d'une foule
de personnages plus ou moins importans qui
passaient devant moi : les prêtres étaient en
fort petit nombre , ce qui me fit distinguer
plus facilement un évêque dont les cheveux

---

(1) Torreno.

avaient blanchi dans les prisons , pour avoir dé-
claré hautement que le vrai Dieu avait horreur
du sang humain , et que la torche du fanatisme
n'était pas le flambeau de la foi.

Je regardais, j'écoutais tout avec la plus grande
attention ; mais je crus m'apercevoir qu'en général ces illustres *liberalès* n'avaient pour moi
qu'une politesse froide. Lorsque nous fûmes
seules , j'en fis part à ma cousine , qui me répondit en souriant : « Il ne faut pas que cela
vous étonne : née , élevée , nourrie au milieu des
camps, j'ai accoutumé mes amis à la plus grande
simplicité comme à l'égalité la plus parfaite; les
officiers de ma chambre ne sont pas de deux
espèces différentes : ceux qui sont élus par la nation ne sont pas exposés à voir casser leurs déli-
bérations par les élus de la naissance : ici le peuple
et ses représentans ne sont pas soumis à la Cour,
et, soit dit entre nous , le véritable souverain,
c'est moi. Vous, ma chère cousine, vous vous
ressentez plus de votre descendance royale : ni
l'une ni l'autre nous ne sommes placées sur le
trône : moi je suis au-dessus; vous vous êtes au-
dessous. Soumise et respectueuse pour votre auguste père, vous ne faites que ses volontés, et vous
n'avez pas l'initiative d'un seul vœu. Je sais qu'il
est quelquefois dangereux d'avoir par soi-même

trop de puissance ; et d'ailleurs , il est si doux de
pouvoir, comme vous, se reposer sur un père du
soin de son bonheur ! Mais je ne suis pas surprise
(et je le dis sans coquetterie) que mes amis me
préfèrent à vous ; cette prédilection tient moins
encore à mon faible mérite qu'à leur fierté , et
peut-être à leur défiance naturelle : mes chers
liberalès trouvent en vous trop d'esprit de cour
et trop d'aristocratie. »

Le lendemain , c'était l'ouverture des Cortès.
Je m'y rendis avec ma cousine. A peine parut-elle
dans la salle qu'elle fut saluée par des acclamations
unanimes d'allégresse..... Un soupir s'échappa,
malgré moi, de mon âme. « Voilà, disais-je en
moi-même , voilà comme on m'aurait accueillie
là-bas, s'ils l'avaient voulu !... On attendait le Roi.
Il entra, prit place sur son trône , entouré de ses
ministres , et prononça un discours où il renou-
vela le serment de maintenir sa fille adoptive
dans tous ses droits.

Cette nouvelle protestation venait d'être accueillie par de vifs applaudissemens , lorsque la figure
du prince se rembrunit ; ses yeux respiraient la co-
lère ; et sa voix , plus forte et plus animée, accusa
publiquement les ministres. A cette sortie inatten-
due, une violente agitation se manifesta dans toute
l'assemblée ; ma pauvre cousine pâlit, le roi se re-

tira, son carrosse fut escorté jusqu'à son palais par
les clameurs populaires ; les ministres renvoient
sur-le-champ leurs portefeuilles ; la tranquillité
publique était menacée : ma cousine reprend ses
sens et son courage ; elle rassemble ses amis , et
son attitude au milieu d'eux devient et si noble et
si fière, que le prince affligé de lui avoir causé ce
moment d'allarmes , envoie prendre ses ordres sur
le choix des hommes qu'il devait appeler au
nouveau ministère. Ma cousine eut la délicatesse
de ne point abuser de cette condescendance pa-
ternelle ; mais elle me dit avec le sentiment d'un
profond regret : «Vous le voyez, ma chère, de
perfides conseils l'emportent ; j'ai bien assez de
force par moi-même pour soutenir la lutte ; quelques moines et quelques courtisans ne peuvent
pas, à la longue, triompher de tout un peuple;
mais croyez-vous qu'il ne soit pas pénible de voir
cet état de guerre dans un pays qui serait si tran-
quille, si florissant, du jour où la bonne foi pré-
siderait à ses destinées ? C'est le vent de l'Illyrie
qui souffle cet esprit de discorde et d'erreur : on y
a juré la perte de ma sœur ; on a commencé par
elle parce qu'elle est la plus jeune et la plus faible,
mais soyez sûre que notre tour viendra , si les
hordes du nord plantent une fois leurs étendards
sur les remparts de Naples. La guerre est toujours
un fléau désastreux : la prévenir, c'est épargner le

sang, c'est servir la cause de l'humanité. Vous êtes
libre ; on ne vous rappelle pas encore dans votre
pays, transportez-vous donc à Laybach ; là vous
plaiderez notre cause , et si les juges de ce grand
tribunal ne daignent pas nous écouter, vous leur
direz que je sais manier une épée, que je suis
d'ailleurs d'une race féconde, et qu'à leur retour
dans leurs états, ils prennent garde de trouver
encore une de mes sœurs à l'entrée de leur
palais. »

Je me rendis aux vœux de ma noble cousine :
je l'embrassai en soupirant, et je partis pour l'Illyrie.

Jamais la ville de Laybach n'avait été aussi
brillante ; trois souverains s'y trouvaient réunis ;
mais l'un d'eux ressemblait à ces monarques in-
fortunés que les triomphateurs romains traînaient
à la suite de leur char de victoire. J'avais déjà vu
les deux autres dans la circonstance solennelle où
mon auguste père, revenant de l'exil, avait dé-
claré ma naissance, et je me souviens que le plus
jeune surtout m'avait accueillie avec beaucoup
de grâce, et m'avait prise sous sa protection. Quant
à l'autre, il a été élevé dans de vieilles idées, qui
ne s'accordent pas avec mon caractère; et sa mys-
ticité politique s'effarouche de la franchise et de
la liberté de mes opinions.

2

Les hôtels étaient remplis d'étrangers ; j'étais fort inquiète de savoir comment je pourrais me loger avec dignité, ou du moins avec décence, lorsque j'appris que trois ambassadeurs de mon père avaient été appelés au congrès, un marquis et deux comtes : de ce nombre était ce noble gentilhomme qui avait cherché à renverser la fortune de mon ancien favori, et qui, pour ses péchés et pour les nôtres, était allé à Rome ; diplomate de garde-robe, qui a plus de passé que d'avenir dans l'esprit ; qui croit que la force d'un état consiste dans le nombre des évêques, et que les bases du droit public sont, tous les jours, d'entendre la messe, de commander un bon dîner, et d'offrir la chemise au roi selon l'étiquette de la cour de François Iᵉʳ.

On conçoit bien que ce ne fut pas chez lui que je voulus descendre ; je craignis de gêner l'autre comte, et je me décidai à aller demander asile au marquis ; non qu'il eût jamais professé pour moi une bien grande affection ; mais je savais qu'il parlait de moi avec intérêt, et qu'en sa qualité de doyen des galans de la cour, il mettrait au moins de la coquetterie à me recevoir. Ma vue lui causa une surprise mêlée de joie et d'embarras ; je lui demandai sur-le-champ si je pouvais espérer d'être admise au congrès, pour y plaider la cause de ma

cousine ; il parut en douter, et me promit pourtant
de me faire annoncer. « Nous ne sommes plus les
maîtres, ajouta-t-il : autrefois il ne se tirait pas
un coup de canon sans notre permission ; il ne se
tenait pas un congrès que ce ne fût pour entendre
nos volontés : ces potentats, aujourd'hui si fiers,
venaient sous nos tentes prendre le mot d'ordre ;
ces temps ne sont plus, ils peuvent revenir. Jusque
là notre gloire prend patience. Ce qui se passe
ici m'afflige ; je voudrais, fidèle aux intentions
de votre auguste père, éloigner la guerre qui menace un de nos plus chers alliés ; mais encore une
fois nous ne sommes plus les maîtres ! »

J'étais curieuse de connaître les ministres étrangers qui s'arrogeaient ce titre : on me donna leurs
noms, et je reconnus ces éternelles excellences, si
précieusement conservées dans des porte-feuilles.
Et d'abord, pour la Prusse, c'était un prince chancelier d'état, qui a vieilli dans la poudre des car-
tons diplomatiques. Il fut attaqué, il y a quelques
années, d'une maladie qui le mit près du tom-
beau : il dut la vie aux soins d'un médecin habile
dans son art, et d'un esprit distingué (1). Ce médecin, jeune encore, a de cette exaltation rêveuse,
de cet enthousiasme à froid des têtes allemandes,

_____

(1) Korreff.

et la liberté lui a apparu comme le génie tuté-
laire des trônes et des nations. Depuis le service
qu'il a rendu au prince chancelier d'état, il ne le
quitte plus, il vit dans son intimité ; il est pour
ainsi dire devenu l'âme et la pensée d'un corps
fatigué par le travail et par les ans ; et l'on assure
qu'après l'avoir sauvé d'une de ces maladies natu-
relles qui attaquent la faiblesse humaine, il s'oc-
cupe aujourd'hui de le guérir d'une de ces fièvres
ministérielles, si funestes aux nations, et qu'on
nomme l'amour du pouvoir absolu.

Sur les passeports aux armes russes je remar-
quai particulièrement un lieutenant-général que
j'avais vu plus d'une fois dans la capitale des états
de mon père, et dans les salons du jeune duc que
j'avais tant aimé. Né dans la petite île qui a pro-
duit le soldat couronné dont le sceptre a pesé
quinze ans sur le monde, il fit jadis partie d'une
honorable assemblée, qui rêva le bien sans pouvoir l'exécuter : depuis, il offrit ses services à une
cour étrangère. Il a du charme dans sa personne,
de la finesse dans le regard, de l'adresse dans l'esprit ; mais il a servi contre son pays !

Grande-Bretagne. Ah ! c'est le frère de lord
Castelreagh : c'est le plus brillant *fashionable* de
Londres. On vante le luxe de ses équipages, l'élé-
gance de ses longues manchettes, la tendre ex-

préssion de ses regards ; sa galanterie recherchée
auprès des dames ferait croire qu'il a plus encore
étudié Boufflers et Gentil Bernard, que Puffen-
dorff et Montesquieu ; politique de boudoir, il attache beaucoup moins de prix à la possession d'une
province nouvelle qu'à la conquête d'une jolie
femme. Mais s'il est si poli pour le beau sexe,
on prétend qu'il a pour l'autre des manières
plus lestes : on m'a conté qu'à Troppau (je ne
puis l'affirmer, car je n'y étais pas ; on m'invite
peu aux congrès !) il avait voulu introduire dans la
salle des conférences certain usage anglais, étranger aux formes douces de la diplomatie ; et qu'un
prince autrichien avait soutenu, à son corps
défendant, que les coups de poings britanniques
n'étaient point compris dans le code du droit des
gens.

Ce même prince était aussi comme plénipo-
tentiaire à Laybach, où il se regardait complai-
samment comme l'astre autour duquel les autres
ambassadeurs devaient tournoyer comme des sa-
tellites : il tient cet orgueil de l'ascendant absolu
qu'il exerce sur l'esprit de son auguste maître. On
donne à cet ascendant une origine assez bizarre :
l'auguste maître, se souvenant apparemment
qu'un dieu de la fable s'était fait maçon, a pris
la même manie, sans pour cela être un Apollon ;

et comme il y consacre tous les loisirs que lui
laisse le soin des affaires de son empire, il a plus
souvent la truelle que le sceptre à la main. Un
jour qu'il était monté sur une échelle, le ministre,
qui le poursuivait pour avoir des signatures arrié-
rées, les lui demanda dans cette posture assez
singulière pour une majesté. Le monarque, pour
toute réponse, lui jeta en riant un peu de chaux ;
elle alla tomber juste dans l'œil de l'excellence ;
l'auguste maître, qui, comme on sait, a des en-
trailles faciles à émouvoir, fut inconsolable de
son étourderie, et depuis qu'il a fait perdre un
œil à son ministre, il ne voit plus que par ses
yeux. Cet accident pourrait servir à expliquer l'an-
tipathie de ce ministre pour les lumières : il ne
considère les choses que d'un côté, ce qui l'expose
souvent à porter des jugemens faux : à mesure
que le jour de la liberté se lève et brille davan-
tage, il cherche à étendre, à épaissir les voiles de
la nuit. Du fond des vieilles archives de l'empire, il
parle à un siècle de raison le langage des siècles
de ténèbres et de barbarie ; il veut que des hommes
dont les regards ont su décomposer un trône, se
prosternent devant son maître comme devant le
Dieu de l'univers, et l'adorent lui-même, le front
attaché à la terre, comme le premier rayon de la
Divinité. Ainsi que tous les ministres courtisans il

est prodigue d'espérances, économe de la vérité : il ne doute jamais du succès, et sa vanité cueille d'avance les lauriers de ses victoires futures ; c'est, dit-on, le plus implacable ennemi de ma jeune cousine, et je me souviens aussi d'avoir lu sur sa mine féodale, que je n'étais pas dans ses bonnes grâces.

Dès que tous ces hauts et puissans seigneurs furent rassemblés sous la présidence de leurs souverains, je me rendis à la porte du conseil, et je fis demander si je pouvais être introduite : à peine l'huissier du eut-il prononcé mon nom, que les ministres étrangers pâlirent, se troublèrent, et supplièrent leurs maîtres de me refuser l'entrée du congrès : en vain le ministre anglais, par un reste de respect pour ma mère, hasarda-t-il quelques mots en ma faveur, il ne put rien obtenir ; mais, toujours galant, il sortit pour m'offrir ses hommages et ses excuses, et me donna la main pour m'aider à remonter dans ma voiture.

Pressée de voir ma jeune cousine, malgré le peu d'espoir qu'elle avait à fonder sur le congrès des rois, je partis pour Naples. Non loin de cette ville je rencontrai la voiture d'un duc napolitain : il avait l'air sombre et soucieux. Dès qu'il sut qui j'étais, il vint me saluer, et me dit : « Et moi aussi je viens de Laybach : ce n'est pas

sans peine que j'ai pu parvenir jusqu'au roi mon
maître : il m'a fallu attendre trois jour- à Gœritz ,
autant à Laybach, pour obtenir cette autorisation;
il m'a fallu subir l'insolence d'un ministre étranger, qui menace mon pays de tous les fléaux de
l'invasion ; il m'a fallu entendre un souverain ,
qui naguère avait donné tant d'espérances à la
liberté , s'écrier avec fureur que si, pour anéantir
la révolution de Naples, il fallait deux cent cinquante mille hommes de plus, il donnerait deux
cent cinquante mille Russes. Vous ne pouvez
vous faire une juste idée de tout ce que j'ai souf-
fert en voyant le rôle humiliant où de prétendus
alliés faisaient descendre une tête couronnée qui
nous était si chère. Pour comble de douleur, je
rapporte la guerre; car elle est dans cet affreux
manifeste : lisez ! . . . . »

Tout mon sang se souleva d'indignation : « Voilà donc , m'écriai-je, la justice de ces êtres sur-
naturels qui se donnent pour des émanations de
la grâce de Dieu! C'est en versant, pour *leur
bon plaisir,* le sang des hommes, qu'ils prétendent
imiter un Dieu de clémence et d'équité ! Il dé-
savoue leur fureur; il brisera leurs armes! » Pour
me distraire des noires réflexions où m'avait plon-
gée cet outrage solennel à tous les droits humains,
je parcourus d'autres papiers qui m'avaient été

remis à Laybach : mon attention s'arrêta sur une épître que m'avait adressée un jeune étudiant de la célèbre université de cette ville : à la suite d'une allégorie sur les événemens du jour, il citait, comme traduite d'un conte arabe, une *déclation de droit public*, dont voici les articles principaux :

« Nous, roi des Hibous, et chef de l'empire de la Nuit, grand-maître de l'ordre des ténèbres, mandons et ordonnons ce qui suit :

« Art. 1er. Les oiseaux de toute espèce sont tenus de ne voler, de ne chanter, de ne voir que pendant la nuit.

« Art. 2. Ceux qui oseront regarder la lumière et voler à la clarté du soleil, seront considérés comme factieux, et punis comme tels.

« Art. 3. Ceux qui chercheront à faire pénétrer le jour dans leurs sombres retraites, ou qui rompront le silence de la nuit par des chants et des cris, autres que des cris et des chants funèbres, seront à l'instant même chassés de leurs trous, et livrés au bec et aux serres des ministres de nos vengeances.

« Art. 4. Tous les oiseaux de jour qui voudront se faire naturaliser jouiront immédiatement de

tous les droits et priviléges dévolus à nos fidèles
sujets les oiseaux de nuit.

« Art. 5. Notre obscur et féal cousin, prince
Nocturnich, demeure chargé de l'exécution des
présentes.

« Donné en notre palais des Ombres, la 13e nuit
du 2e mois de l'année des ténèbres 1821. »

La jeunesse rit de tout : elle est si riche de
force et d'avenir ! Le duc et moi nous poursui-
vions tristement notre route ; nous entrâmes en
même temps à Naples, et le duc me conduisit
sur-le-champ auprès du prince régent, qui l'attendait avec impatience : une jeune fille se jouait
sur ses genoux : c'était ma cousine ; je la reconnus
à sa ressemblance parfaite avec sa sœur. Le prince
m'accueillit avec beaucoup d'affabilité, et me
demanda des nouvelles de son envoyé à la cour
de mon père (1), je lui avouai en rougissant qu'on
n'avait pas cru devoir encore le reconnaître. J'as-
surai d'ailleurs à son altesse qu'en mon particulier
je l'avais vu avec plaisir, et que tous mes amis
s'étaient empressés de le recevoir.

Le duc remit au régent, avec une lettre de son
auguste et malheureux père, toutes les pièces re-

_____

(1) Le prince Cariati.

latives au congrès : son altesse lut la lettre avec
attendrissement et respect, et la réponse des souverains avec une fierté dédaigneuse. « Non, non,
s'écria-t-il en serrant ma jeune cousine dans ses
bras; noble enfant! je ne t'abandonnerai point;
je vivrai avec toi, ou je mourrai pour toi. » Et,
sans perdre un instant, il convoque le parlement,
et court y déclarer que, *constamment attaché*
aux principes qu'il a jurés, il restera étroite-
ment uni avec la nation et toujours fidèle à ses
sermens. ·

On voudrait vainement exprimer l'effet que
produisit ce nouvel élan de patriotisme et de
loyauté. La cité tout entière se mit en mouvement; les musiciens de la garde nationale se ren-
dirent sur la place du palais, et firent entendre des
airs patriotiques auxquels une foule immense répondit par des cris de joie, de guerre et de liberté.
L'enthousiasme était à son comble, et chaque jour
voyait éclore un prodige nouveau d'heroïsme et
de vertu. Quel magnifique spectacle que celui de
tout un peuple qui s'arme, combat et va mourir
pour la liberté! Ici c'était un sénat qui, sous le
canon de l'ennemi, délibérait, et fixait tranquil-
lement les droits de la nation, non moins impo-
sant que ces sénateurs romains qui, assis au
forum, attendaient les Gaulois vainqueurs; là

trois cents guerriers, fatigués d'entendre toujours
parler des héros des Thermopyles, sollicitaient
le même honneur, la même mort; et le jeune
officier qui le premier a levé l'étendard de l'indépendance, était choisi pour leur Léonidas · ici de
nobles députés quittent les bancs du sénat pour
voler aux frontières; là c'est l'héritier de la couronne qui offre son fils pour ôtage à l'armée; là,
enfin ce sont trois capitaines (1) s'embrassant
devant l'autel de la patrie, tirant leur épée, et
jurant de ne la remettre dans le fourreau qu'après
avoir exterminé l'étranger... Antique liberté! tes
fastes s'honoraient-ils de plus beaux exemples?
Majesté des temps anciens, vous avez reparu!

On n'avait point encore reçu de nouvelles de
l'armée; mais l'arrivée d'un courrier extraordi-
naire répandit dans toute la ville la plus vive sen-
sation : il annonçait que, sur les bords de l'Eridan,
on avait demandé que le roi fît également asseoir
avec lui sur le trône une de mes cousines : d'abord
il avait été question de me choisir pour marraine;
mais il était tout simple qu'unis par le même intérêt qu'à Naples, ces peuples choisissent plutôt
un rejeton de la même famille. On avait conseillé
depuis long-temps au roi de ces contrées d'adop-

(1) G. Pépé, M. Carascosa, Filangieri.

ter ma cousine; mais il craignait d'avoir en elle
une compagne trop importune. Dès qu'elle parut sous les croisées de son palais, on voulut,
dit - on , faire sabrer la foule qui l'entourait
en élevant son nom jusqu'aux cieux ; mais les
charges de cavalerie contre des citoyens désar-
més sont un triste moyen de ramener à soi l'amour
de ses sujets ; le colonel qui voulut les diriger
fut blessé à la tête de son régiment ; le peuple
applaudit : ma cousine fut proclamée, le roi ne
voulant ni la reconnaître ni l'adopter, abdiqua
la couronne en faveur de son frère ; mais comme
le nouveau monarque n'était point dans la capitale, les rênes du gouvernement et les destinées
de ma cousine furent confiées à un prince jeune,
beau et brave, qui servit naguère dans les états
de mon père ; son brillant courage et ses manières chevaleresques paraissaient devoir lui
concilier à la fois l'estime du peuple et l'attachement des troupes.

. Telles furent, en substance, les premières nouvelles qu'apporta ce courrier, et Naples tressaillit
d'espérance et de joie. Quoique les sœurs de la
fière Espagnole me fussent partout préférées,
j'éprouvai un secret plaisir en songeant au dépit
de ces orgueilleux diplomates qui m'avaient si mal
reçue à Laybach, et le nom de Nocturnich vint

avec un sourire errer sur mes lèvres. Mais le beau
ciel de l'Italie se chargeait de nuages : tout reten-
tissait du bruit des armes ; je fis ma visite d'adieux
à ma jeune cousine et au prince régent, qui venait
de revêtir son habit de combat. Je m'embarquai,
et j'allais poursuivre au loin le cours de mes voyages,
lorsque j'appris que mon ancien favori avait reparu
à la cour de mon père. Son retour, commandé par
des causes douloureuses, avait alarmé la sollicitude
de mes adversaires, qui déjà pressaient son départ.
Il n'y avait guère d'apparence qu'il remontât au pouvoir ; j'espère du moins, pour sa gloire comme pour
la mienne, qu'il n'y rentrerait jamais sans moi. En-
traînée par un sentiment de curiosité, et peut-être
aussi par un reste de faiblesse, je me rapprochai des
terres natales ; mais j'ordonnai à mon vaisseau de
s'arrêter à la vue du rivage, afin de pouvoir observer
s'il était temps d'y reparaître. Ce fut là que le petit
navire *l'Etoile* vint, un soir, m'annoncer que tout ce
pompeux appareil de guerre et d'enthousiasme que
j'avais tant admiré à Naples, s'était évanoui comme
un songe. Les couleurs du pavillon de ce bâtiment
ne m'inspirèrent, je l'avoue, qu'une confiance mêlée
de quelque doute ; mais, si la nouvelle était vraie,
patrie, honneur, liberté, vous ne seriez donc que de
vains mots !!

J'attends.

FIN DU CHAPITRE II.

POSTCRIPTUM.

Naples ! Naples ! il est donc vrai ?..... ou tes récentes destinées cachent un profond mystère, ou tu n'as que trop justifié ces paroles célèbres : *Du sublime au ridicule il n'y a qu'un pas.*

www.ingramcontent.com/pod-product-compliance
Lightning Source LLC
Chambersburg PA
CBHW072300210626
46818CB00017B/1872